KB236004

원기마을 이야기

원기마을 이야기

이경재 시집

원기마을 이야기

제1부

제2부

제1부

외할머니 무덤가

외할머니 무덤은
가끔씩 지나다니는 덕유산 자락 가는 길 저만치
생전 모습 닮은 등 굽은 모습으로 잠들어 있다
가녀린 소나무로 아쉬운 대로 담장 두르고
쪽진 머릿결처럼 곱던
조선잔디로 이불 한 채 해서 덮고
할미꽃 조팝나무 제비꽃 꽃다지
밭두렁 논두렁 일하면서 보던 꽃들과 동무하며
야트막한 동산 양지바른 한켠
이승의 무덤에 누워
새소리 어우러진 장다리밭 마주하며
스쳐만 가는 못난 외손자 손짓하다
이제는 지치셨는지
아직도 등 굽은 모습으로 잠들어 있다
아, 바쁘게 눈인사만 하고 지나온
하이얀 상석 위엔 오늘도
살아 생전 선물한다던
백팔염주 하나 십팔 문 반 꽃고무신 한 켤레
놓여 있지 않았다

옥이 이모

아직 살아 계시다면
내게도 TV 연속극 옥이 이모 닮은
인정 많고 착했다던 셋째 이모 있었겠지
외할머니 말씀으로는
니 어미 형제 중 기중 예뻤다고 하셨는데
외삼촌 셋 이모 다섯을 낳아
염병할 돌림병 한 번 돌 때마다
한 아이씩 빼앗아갔다던
억장 무너지던 해방 전후
지금은 반밖에 생존해 계시지 않은
울 엄니 가족사 들을 때면
더욱 그리워지던 옥이 이모
생전 뵙지 못한 꽃다운 아홉 살바기 소녀로
양지바른 뒷동산 진달래 피던 시절
다음 세상 태어나면
원도 없이 한도 없이 꽃같이만 고와라고
꽃과 더불어 애장으로 묻혔다던
영원히 내 가슴속 아홉 살 소녀로 남은
진달래 같은 옥이 이모

살목할머니

누런 황달에 좋다며
네 살바기 내 오줌 꼭 받아드셨네
그것도 공짜 아니라며 엄니 품 나간 날
일산배기 나무하러 가신 날
후후 더운 밥숟갈 불어주며
내 어린 끼니응석 다 받아주셨네
한 달에 몇 번씩
시름시름 영양부족으로 앓다가
검붉은 미자발이 빠지면
급할세라 불편한 몸
맨발로 뛰쳐나와 우야꼬
이럴 우야꼬 어린 애새끼 다 죽이겠네
악쓰며 힘쓰며
검정 고무신 뒤굽 세워
야윈 엉덩이 미자발 철썩철썩
용하게도 밀어넣어 주시던
두고두고 생명의 은인이셨던 살목할매
내 어린 오줌 덕분인지
누런 황달 좋아지셨다며
돌아오는 장날 텃밭 마늘쫑 팔아

원기소 한 통 사주시던
앞집 할머니 살목할머니

들성리 1

내 나이 다섯 살
그때 돈 팔천 원으로
처음 장만했던 들성리 초가집
방 두 칸도 넉넉해 문칸방 하나
밤늦도록 짚신 삼아 살아가시던
수염이 얼굴 반이던 도치할배
오백 원에 세를 들고
소요령 달아 딸랑하던 대문 멀리
덕유산 지는 햇살 둥구나무 스며들면
두레박 호박돌 가지런히 씻어놓고
솔가지 밑불 돋아 삭다리 따스운 군불 놓던
엄니, 형, 나랑
소골소골 얘기하던 행복도 있었구나

어쩌다 큰동네 사시는 아버지
술 드시고 오시는 날이면
으레 있을 어머니 악다구니와
세간살이 어지럽게 부서지는 소리
지레 겁먹은 유년의 아픔이
담벼락 쭈그려 앉아 지푸라기 두르며

앙상한 살 가리던 몸치장으로
나도 모르게 잠든 그날 밤에도
어지러운 방 한 칸
형과 나 다소곳이 눕혀 놓고
먼동이 틀 때까지 울음 울던
애절한 어머니 한탄가처럼
동구밖 논두렁 어듸메쯤
구슬픈 접동새 소리 들려오고 있구나

들성리 2

들성리 옛 살던 집
허물어진 우물가 잡초만 무성하고
철새처럼 왔다가 어디로든 떠나가는
각성바지 모여 사는 시골도시 변두리
가난한 마을에는 아픔도 많구나
컹컹 짖어대는 개울음 뒤섞여
어린 시절 아픔인 듯 싸움소리 들려오고
옛 살던 사람 더듬어 물어봐도
그때나 지금이나 어렵긴 마찬가지
지금도 읍내 뒤치닥거리 일들로
하루를 사는 마을
큰 들 가운데 바람 한 점 막아줄
뒷동산 하나 없이 엎드려
저마다 감춘 한때의 꿈들을 키우다
누가 떠났는지 왜 떠났는지
아무도 묻지 않은 채
엎드려 사는 집보다 더 많은 사연들
하나 둘 숨죽인 채 빛나는
눈시울 촉촉이 속절없이 젖게 하던
아직도 퇴색한 흙담장 아래

가녀린 바람에도 강아지풀 서걱이는
자운영 꽃다지 겸손하게 피는 마을

도재 어머니

경남 거창땅 국농소 전형적인 농경 마을
아들 둘 낳고 남편에게 소박맞은
삼십 년 넘게 외롭게 사시는
도재 어머니 있답니다
처녀적 인근 위천면 큰 부잣집 둘째 딸
남부러울 것 없이 자랐다지만
지금은 자식에게 보내줄 양식과
끼니 거르지 않을 정도로 만족한 농사
꿈같은 손자 손녀 장난감이며
생전 먹어보지 못한 과자 사주랴
요즘도 날품팔이하며 사신다지요
오래도록 그 품일 생계 전부였던
산전수전 다 겪은 지나온 세월
이웃에게 서글픈 동정받으며
굳건히도 사신다지요
지지리도 남편복 없는 사람
다행히도 자식복 있다는 위안으로
거창땅 아니면 가본 곳 없더니
서울 큰아들네 제주도 울릉도 대전 엑스포
늦호강으로 다니시는 세상 구경

차멀미로 고생만 하는
애처롭고 안쓰러운 도재 어머니
기나긴 독수공방 남편처럼 벗하는 라디오
꼭두새벽 방송되는 일기예보 듣다
어쩌다 눈 오거나 비가 온다면
서투른 전화기 꾹꾹 눌러
조심하라 당부하는
큰아들 이름 도재 어머니로 통하는
흔히 작은아들 이름 경재 어머니로 불리는
그분은 내 어머니

재봉틀

날품팔이보다 나을 거라고
한 마지기 논을 팔아
애써 외할아버지 장만해 주신
우리집 재산목록 1호
솜씨 좋은 어머니 명성 주위에 자자
회갑집 두루마기 혼삿집 예복
일거리 쉴 날 없이
늦은 밤도 마다 않고
저린 발 오래도록 굴리셨지요

하이얀 손수건에 노란 이름표 달던 날
천덕꾸러기 내게
애꿎게 하시는 섧은 말씀은
재야 공부 못하면 재봉틀만 들고
몰래 간다고 멀리 간다고

자랄수록 힘겨운 통신표
미적미적하다가는
살째기 대문 열어 엄마가 없던 날에
행여 참말일까 핑도는 눈물로

엉겁결에 달려들어 재봉틀만 찾았었네

힘겨운 생활은 먼 훗날 생각으로
덜 덜 덜, 보람을 곱게 굴리며
한겹 한겹 꿈들을 어렵게 누벼가던
푸른 노란 붉은 천조각들 마냥
지나온 내 삶을 다 감싸셨는데

아직도 당신에겐
믿기지 않아
철들 만큼 자란 아들 믿기질 않아
무디어진 손과 발 흐려지는 돋보기
애고 애고 원망스러하면서도
옛삶이 오늘인 듯 바늘귀를 꿰ㅂ니다

영등할머니

들성리 초가삼간 문설주 초롱 밑에
느지감치 거들먹 기나긴 겨울밤
어머니, 나, 형 나눈 얘기
구들막 이야기
가운데 자면 영등할매 잡아간다고
어머니, 형은 겁주고
눈짓들을 주고받고
시릿한 윗목 침침한 뒷목
영등할매한테 붙잡혀 가는 건
더더욱 싫고
작은엄마랑 사는 아버지가 그리웠는데
영등할매 오던 날 쑥떡 버물고
훨훨훨 문종이 태워 소원 빌면
만사형통된다고 새겨서 들었는데
아버지가 그립다고
스무 해를 손 닳도록 빌고 빌었는데
할마씨가 귀가 먹었는지
정성이 부족했는지

형님 마중

콧물자욱 고랑진
검댕이 얼굴로도 부끄럽지 않았네
형님 마중 가는 길
논둑 밭둑 지나서
탱자나무 울타리집 돌면
형님보다 더 반갑던
구멍 숭숭 박힌 알루미늄 도시락
배고픔도 참고 형이 남겨 오던
사카린 버무린 강냉이죽
반에 반만이라도 먹을 수 있을까
코흘리개 또래들
시오리 학교길 달려가곤 했었네
옥수수가루 공짜로 보냈다던
읍내 만화방 텔레비전 속
코쟁이 부자나라 하이얀 아이들
꿈같은 부러움 침 꼴까닥 삼켜가며
창문 틈으로 훔쳐보던
누런 강냉이죽 달디달게 먹을 때면
자꾸만 생각나는 하이얀 아이들

창남국민학교(창남초등학교)

교무실 건물과 떨어져 있던 울릉도 교실
그보다 더 떨어져 있다고 독도 교실
지금은 헐리고 없지만
플라타너스 숲 그늘 차분한 자람터
어느 음료수 선전 마냥
도시락 딸랑거리던 책보따리
어깨로 걸치고
마른버짐 까까머리 검정고무신
방과 후 쪼르르 달려가던
신작로 보리향기 따라 피어난
분홍빛 새털구름 성장처럼
식목일 심어놓은 해송나무
어느덧 내 키만큼 자란
촌뜨기 자람 한편 여기였구나

학예 발표회
흔한 합창부에도 끼지 못해
풍금이며 책걸상 옮겨주는 뒤치닥거리에도
군내 무용대회 입상한
옆반 부회장 예쁜 가시내 천사춤

침 꼴까닥 부러움으로 지켜보는
눈요기로만으로도 즐겁던
어줍잖은 유년에서
화단가 접채송화 어울려 피어내듯
하찮은 꽃잎 하나도 아름답게 여겨지는
어느덧 그 가시내 남편된 지금
내년이면 모교에 입학할 내 아이와 함께
추억에 젖어 걸어본
창남국민학교(창남초등학교)

꽃고무신에 관한 추억

아이들 집으로 돌아간
텅 빈 복도에 서면
화단가 비에 젖은 앉은뱅이꽃처럼
슬피 울던 한 아이가 생각나는
꽃고무신에 얽힌 유년의 이야기
아픔이구나
십 리 길 결석 한 번 않던
소아마비 심했던 그 여자아이
추억 속 그날인 듯 추적추적 비는 내리고
청소 끝난 뒤
신발장 아무리 찾아도 없던
잃어버린 내 먹물고무신 대신
엉겁결에 훔친 그 아이 꽃고무신
도둑질하면 천둥번개 맞는다는 말보다
헌신짝처럼 내팽개친 어린 양심보다
제 것 하나라도 더 챙겨야 했던 일이
불문율이었던 그 시절
마침내는 울며 울며
십 리 길 맨발로 돌아간
오 년 반 동안 결석 한 번 하지 않던 아이

결국 이튿날 보이지 않았고……
유년의 상채기로 남은 골마루
신발장 하나 하나 따라가다 보면
그 아이 간절한 뒷모습 만날 수 있을까
그날 동무들 어울려 뛰어놀 수 있을까

어머니 몸뻬

덜 여문 고추잠지 궁둥이 부분을
둥글게 오려낸 너틀바지 입혀주시고
성영산으로 나무하러 바삐 가시던 어머니
땀내 나는 몸뻬의 보람에는
버리고 간 아들 둘 곱게 키워
성공하는 것을 보는 것이
남편사랑 못 받는 한을 푸는 것이라고
마실 온 아지메들께 섧게 토해 내는 목소리
몸뻬에 얼룩진 천만큼이나
겹겹이 기워진 아픔입니다
퇴색할 만큼 퇴색해 버리고
헤질 만큼 다 헤져도
일감 없는 겨울 한나절
한뜸 한뜸 새 천조각으로 깁고 계시는
어머니 인생길 다 보이는
어머니 얼굴인 듯 주름잡힌 몸뻬
우리집 가보입니다

나이롱 약장수

농번기 끝나고
허허벌판 싸락눈 날릴 제

어디서 왔을까 나이롱 약장수
바가지, 수건 선심으로 돌리며
순진한 울 엄니, 옆집 아줌마, 할머니
유혹하네 가을내 고생하셨노라고
기막힌 보약 한 첩 드셔보라고
저녁이면 인근 촌동네
관광차까지 동원해 사람들 모셔놓고
시골 변두리 그런대로 포장쳐
트로트 뽕짝 메들리 춤타령 쇼도 하고
군민 노래자랑, 칼라 TV 경품권 추첨
비싼 돈 주고 연예인도 초청해
구성진 노랫가락 심금 울리네

그러다 분위기 한창 무르익을 무렵
나이롱 약장수 산전수전 다 겪은
구슬픈 얘기로 동정심 심어놓고
우리나라 경제를 살리려면

중소기업부터 살려야 한다는
백 번 자당하신 말씀 사슬 풀 듯
입에 침튀기며 열변 토해 내며
하루가 다르게 보약, 상품 소개하네

하나를 사면 설날 찾아올
손주 손녀 장난감 보너스로 주며
야금야금 쌈짓돈까지 끌어모아
솔솔 얄밉게도 한몫 챙겨도
적자 보았노라고 호들갑 떨면
순진한 시골사람 알아도 모르는 척
덤으로 약 한 첩, 상품 하나 더 챙겨주는
동해물과 백두산이
마르고 닳도록 변함없을
풋풋한 우리네 따뜻한 마음씨
소박하기만 한 시골사람 인정이여

외가에서

끈끈히 땀내 밴 몸 누이며
지리한 장마비 바라보다
문득 파리똥 얼룩진 천장 아래턱
서까래 매달린 사진틀 본다
외할아버지 키 큰 두루마기, 허연 수염
내 손은 약손이요 아픈 배 쓸어주던
외할머니 정갈한 손, 쪽진 머리결
회갑사진, 결혼사진, 돌사진
일본 외삼촌 풍채 좋은 사각모
몇십 년 전 흑백사진에서
최근 눈망울 또렷한 조카 백일사진까지
삼대가 보기좋게 한 공간에 모여 있고
빛바랜 사진틀 하염없이 들어가
그리워라, 눈시울 적시며 울다가 웃다가
꿈꾸듯 그 시절 어울려 본
외가에서의 반나절

말부조

어쩌다 젊은 나이
부자병이라 불리는 고질병
무덤까지 가져간다는
당뇨병 걸려보니 알겠더라
내 이웃 따뜻한 말 한마디
소중한 정성
병은 자랑해야 일찍 낫는다고
모깃불 지펴놓은 동청 앞마당
입에서 입으로 전해진
민간요법 처방전으로
하루 저녁 이야깃거리 몽실몽실 피어나고
이름모를 들풀 귀하게 여겨지는
까막발뿌리 개구리밥 하눌타리
달개비 두릅나무 명주풀 해당화
현대의학으로 얼마나 효험 있을까마는
아 고개 숙여집니다
아픔 하나에도 말부조하는 풋풋한 인정
하는 일도 건강해야 실하다는 우리네 가르침

시골길

이 길 따라가면 만날 수 있을까
아직도 비포장 읍내 가는 길
젖 터져 내 젖 터져 소리치던 할머니
결국 새우젓만 터져
한바탕 웃음 자지러지던
콩나물시루같이 빼곡한 장날의 완행버스
이리 쏠리고 저리 쏠려도
악을 쓰며 따라가던 장구경
파김치되어 돌아와도
넉넉한 볼거리 피곤함도 잊었었네

이 길 따라가면 만날 수 있을까
쌀 몇 되박이면 푸짐했던 장터 인심
할아버지 고무신, 어머니 몸빼 한 벌
어물전 찬거리, 감칠맛나는 자장면
동생들 학용품 사고도 남아
석양 붉게 묻어난 파장의 선술집
막걸리 몇 잔 얼근하게 취하시던
아버지 구수한 술주정도 만날 수 있을까
떡 하나 주면 안 잡아먹지

동화 속 전설 이야기도 아닌데
그렇게 줄 것 다 주어버린
호랑이 거짓말보다 더 무서운
빛 좋은 개살구 농업정책에 속아
산구비 너머로 떠나간 것들
터질 듯한 그리움

위천장

돌아오는 장날이면
모동 강남불 상천 사람
어나리 서마리 황산 남산동 사람
멀리 덕유산 첫 자락
황점 빙기실 소정 사람 죄다
끄덕끄덕 구루마 타고 모여들던 곳

다리목 기름집 지나 삼거리 마늘전
어물전 채소전 신전 옷전
뭉실뭉실 김나던 국밥집 열무김치 막국수
사돈에 팔촌까지
있어야 할 건 다 있고 없을 건 없던
왁자지껄 위천장 옛날 이야기였네

외할머니 따라 장구경 가면
아이구 불쌍한 우리 새끼
다리밑 어메 보러 나왔나
눈깔사탕 몇 개쯤 공짜로 주던 곰보아줌마
동네사람 노놔먹는 밥 한 술
넉넉히 어린 시장기 덤으로 채우던 누룽지

지금에사 미치도록 그리운
왁자지껄 위천장 옛날 이야기였네

제2부

느티나무

초록으로 드리운 네 품안에 들면
모든 이론은 회색이고
오직 영원한 것은 저 푸르른
생명의 나무라는
어느 혁명가의 말이 생각난다
칠팔월 이글이글 타는 염천 아래서도
오히려 동구밖 의젓하게 푸르게 서서
빛나는 연초록 이파리들
저렇듯 빼곡히 물결치며 춤추던
오랜 세월, 언제부턴가 깊게 사랑해 온
미치도록 그리운 이들 위해

묵묵한 뒷배경으로 남아도 좋으리
안타까워라 잎새에 떨리는
떠나간 사연 속내로 다독이며
눈물인 양, 허허로운 가을 오면
우수수 눈물 떨구듯 날려 보낸
가지마다의 빛바랜 갈색 추억이
세월의 내림으로 수천 년 대물림된
우리네 아버지 황색 가슴 같은

네 품안에 들면
때로는 서투른 희망도 차분해지는
육중한 무게에 마냥 기대어 서서
나 또한 너와 더불어 살아가리
들녘 저 멀리 강끝 저 멀리
누대를 겸손하게 살아온 버릇처럼

무궁화꽃이 피었습니다

무궁화꽃이피었습니다무궁화꽃이피었습니다
플라타너스 우거진 초등학교 운동장 한켠
무궁화꽃 피우던 아이들 어디로 갔을까
술래에게 감시당해 꼼짝 못하던 아이들
한발짝 한발짝 움직이는 순간에도
술래에게 잡혀 손사슬에 묶이고
무궁화꽃이피었습니다무궁화꽃이피었습니다
그래도 끝까지 남은 아이들
용케도 살아 술래 주위로 다가가면
무궁화꽃이피었습니다무궁화꽃이피었……
다급해진 술래가 말 끝내지 못하고
정직하지 못한 채 아뿔싸, 눈 떠버리면
무 궁 화 꽃 이 피 었 습 니 다
열 걸음 힘껏 뛰어
술래에게 묶여 있던 같은 편 아이들
손사슬 푼다 화들짝 도망쳐 자유가 된다
해맑은 웃음으로 무궁화꽃 피우던 아이들
어디로 갔을까 지금도 그날처럼
쪼르르 달려가는 아이들 뒤편에 서서
다시 시작해 보고픈 마음으로 왼발이야 콩콩.

백일홍

더위 몰려와, 칠팔월 타는 더위 몰려와
푸른 산하 주눅들게 할지라도
우리, 한적한 언덕에 서서
이른 봄 동백꽃보다 늦은 봄 장미꽃보다 붉게
꽃잎 피워나 볼까

백일기도 치성드리듯
진홍잎 차곡차곡 피워내
염천의 더위에도 서로를 뜨겁게 포옹하면서
이글이글 흔들리는 작은 물결
석달 열흘 혼신의 정열로
선혈 같은 속마음 보여나 줄까

봉계리에서

이제 누가 그 자리에 남아
봉계리를 기억할 수 있을까

강 아랫도리가 젖어오면서
사람들은 한 겹씩 옷을 벗었다
모든 것을 포기해 버린 창부처럼
가슴에다 묻은 아픈 이야기들을
침묵 뒤편에서 말없이 삼켜버렸다
몰려오는 물결
두 번 죽어야 할 목숨 모질게도 길어
한 번의 주검을
벌컥벌컥 수몰의 사약으로 잠재웠다

쉽게 다가온 수몰의 깊이는 차가운데
바라보는 호수만큼
실향의 가슴 넓을 수 있었더라면
그리운 밤이 가고
뿌리뽑힌 아침이 오는 일에도
차라리 실향의 가슴
가당찮게 내질렀을걸

들풀로 자라나던 여린 살점
시퍼렇게 피멍 든 뒤라
다시 내지를 쥐뿔도 없어, 없어
무슨 놈의 정 따윈 필요도 없는데
그게 아니라고 내젓는 억센 손목
겹겹이 내리찬 물결 속을 헤집어
마지막 건져내는 슬픈 유산은
설움에 받쳐버렸던 인정이었다

이제는 떠나버릴 땅
푸르게 남은 살결로
봉계리는 태초의 빛깔을 잉태하고
강바람 무심히 스치울 때
실향의 밤 도려내야 할 기나긴 세월
궁색한 타성으로
뿌리뽑혀 떠다니다
주름진 얼굴로 만나야 할 강물결
무겁게 짓눌리는 단절의 수몰 고향
윙윙 아우성쳐대는 겨울강에 묻고
내 못 가네 내 못 가네 퍼질러 앉아

마지막 성역을 쌓는
방죽 공사장 건너편
갈대꽃 행렬 강이 끝닿는 지점으로
하이얀 수의를 걸쳐 입고
우우우, 갈 데 없는 갈대꽃으로
내 못 가네 내 못 가네 서걱이고 있었다

길 떠나는 동혁이

선사시대 집터가
옹기종기 발굴되는 집터에서
끈끈이 이어졌던 진창길 따라
가늘게 찍어놓은
동혁이 발자국 거슬러
슬픈 마을로도 돌아가지 못하네
삼십 리 읍내로 이사가는 길
털털털 경운기에 실은 게
세간살이 모두라지만
천 갈래 만 갈래 찢어지는 수몰 고향
사랑했던 모든 것 아무 말도 못하네
푸른 물빛 차가운 얼굴로
사랑했던 시간
시나브로 물결 위로 띄워 보내고
강둑 맨끝 미루나무 그리움
이제는 저 혼자 그리워해야 할 자리
담뱃불 반딱이며 쭈그려 앉아
봉두난발 개망초만 미쳐 날뛸
정든 서산마루 바라보다
아아 그리움 차곡차곡 흘려 보내도

아무런 강도 되지 못하네
하염없이 눈물고임만 더 만들 뿐이네

내가 살던 고향이

합천댐 꽁꽁 언 얼음장 아래
자수정빛 수초들 흐느적거린다
떠나가 소식 없는 아이들아
검게 쌓인 진흙탕 속엔
썩어 문드러진 붕어 몇 마리 얼어죽고
너네들 뛰어놀던 교정은
개망초 줄기 꺾어진 채 어지럽구나
강변 맑은 자갈처럼
곱기만 했던 아이들아
오랜 겨울가뭄으로 물빠져 버려진
내가 살던 고향이
자지러지던 세모래 틈새에도
어울려지던 들꽃 언덕에도 없구나
아무 곳에도 없구나 미루나무
초라하게 잘려진 모습 오히려
애절한 비목으로 고개 떨구었구나
떠나던 그날 맑은 슬픔처럼
소록소록 함박눈만 내리고

대숲에서

엄동설한 나면서도
지치지도 않을까 쇄쇄
겨우내 모진 강풍 죄다 맞으면서
알몸으로 버티고 서서
하늘로 내달리던 푸른 희망
혼자로서는 단꿈 꾸지 못함을 알아
서로의 몸뚱어리 키만큼 의지한 발돋움
앙칼지게 헝클어놓던 칼바람 물리치고
감칠맛나게 휘감기던 봄바람
스르르 몸 섞던 기억을 지켜내며
북풍한설 하나씩 잠재워가는
깊숙한 대숲의 고요는
어떤 고귀한 숨결일까
높을수록 더욱 깊게 뿌리내릴
예감의 굳은 믿음으로
늘 변함없는 그 몸매 자세로
축축하게 젖어든 그 푸른 살결은

아림탑

누가 알리오
내 여기 서 있는 뜻을

신라사람 백제사람 칼부림 거둔 자리
넋이나마 통일세상 살라고
차분히 염원 모둔
어느 석공의 정성으로
아름다운 숲의 이름
수수한 오층탑으로 태어났건만
중앙아시아 무식하기 짝이 없는
징기스칸 후예 몽고족
거친 말발굽 온 나라 짓밟을 때
아뿔사 내 몸뚱이 동강날 줄이야

그토록 오랜 세월
덩그러니 흩어져
영호강가 숱하게 피고지던
이름모를 들꽃 벗이기도 하다가
조선 유림 쉬어가던 객사 주춧돌
볼품없이 한세월 쓰이기도 하다가

그 객사마저
전쟁통으로 불타 없어질 때
윤회였을까 다시 여기 서게 됨은
역사였을까 아림땅 정수리 뿌리내림은

저기 손잡고 쪼르르 달려가는
언제나 맑기만 한 아이들 눈동자
지금은 최신형 자가용에 실려
어지럽게 돌아가는 젊은이
세월이 흘러도 늘 안쓰럽기만 한
꾸역꾸역 찾아온 할머니 할아버지
점점 야위어가는 초라한 장봇짐까지
떨어져 나간 파편들 그리워하는
앙상한 뼈마디로 남은
아! 미치도록 그리운 숨결이거늘

평양냉면이 먹고 싶다

평양냉면이 먹고 싶다
지리산 고령토
엉성하게 빚은 뚝배기에
한라산 백록 백두산 천지
맑은 물을 길어다
개마고원 갓 나온 하지감자 눌러
꾹꾹 면발 뽑아 만든
평양냉면이 먹고 싶다
똥값 된 누렁소 등심 몇 점 버물고
고추 파동에 눈물 흘리던
영양 청송 풋고추 송송 썰어 다진 양념과
최루탄 지랄탄보다 더 매운
노란 겨자 살짝 곁들인
평양냉면이 먹고 싶다
새벽을 힘차게 열던
내 고향 토종암탉 둥지 틀어 뽑은
뽀송뽀송한 삶은 계란 모양 내고
두만강 거슬러오른 삼지연 얼음을 잰
평양냉면이 먹고 싶다
만수대 부벽루에 올라

입가에는 훌훌 매운맛 다셔가며
오래도록 헤어져 살아온 이야기
질긴 냉면가락처럼 버물고
가슴까지 식혀 내는 얼음물같이
푸르디 푸른 대동강 바라보며
뙤약볕 아래 힘겨운 농삿일 잠시 잊고
오늘따라 유독
평양냉면이 먹고 싶다

사랑하는 전경 동지에게 1
-입대하던 날

눈을 감았다 정류장까지 따라 나오시는
가난한 무게만큼 야윈 얼굴의 어머니
어머니 손을 부여잡고
부디 몸조심하거라
무거운 그 말을 움켜쥐고
어디로든 도망쳐야만 했던 두려운 가슴은
또 다른 계절로 탈출하고 있었다
밀려오는 현실, 이기주의 욕심으로
더딘 성장만큼 더욱 조여오는
애처로운 시선들에 내몰리며
도피였다 충성과 의무가 무슨 뜻인지
흥청거리며 살아온 생활만큼 아득하기만 했다

구마고속도로 지나며 보던
모를 심는 등뼈 굽은 아주머니
내 어머니와 꼭 닮은 모습들
풍덩한 몸빼를 걷어올린 채
한풀 허리를 꺾고
자식들을 키워가듯

가냘픈 벼포기 심는 어머니, 어머니들
싫었다 몸서리치게 다가오는
가난의 노동이
손바닥만한 밭뙈기 논빼미라도 팔아서
잘살 수 있는 길은 오직
도시로 도시로 떠나는 것이라고
악을 쓰며 떠나던 상경길
이제는 고달픈 긴 여행에서 돌아와
다시 어디로든 떠나야 하는
아득한 삼 년의 시작에서
희미한 미래들을 계산하고 있었다

사랑하는 전경 동지에게 3
－사과탄을 보며

토요일 오후
학교가 끝이 나면
점심마저 굶고 무섭게 달려가던
부잣집 해뜨는 사과농장
어린 흙무지랭이 일당, 이백오십 원
가냘픈 노동들이
어머니 자꾸만 생각이 나요
마른버짐 피던 얼굴로
주인어른 훔쳐보며
도둑질한 설익은 사과 두 알
동구밖 과수원길
아카시아 꽃이 활짝 폈다 안 폈다
노래하며 신호하며
울타리 너머로 던져내던
허기진 유년의 사과밭
그날의 기억처럼
어머니 자꾸만 생각이 나요
정부 고시가격 일만칠천 원짜리 사과탄
아까워, 차마 아까워

정말 던지면 깨질까 움켜쥐고
주인어른 눈치보듯 간부들의 눈치보며
탄아, 탄아 사과탄아
들려오던 노래들에 휘감기면
어머니 자꾸만 빈혈이 나요
유년도 아닌데 어지럽기만 해요

사랑하는 전경 동지에게 4
- 시위장에서 돌아와

시위장에서 돌아와
지친 손목으로
최루탄 내음 묻어나는 진압장비를 닦으며
졸음 몰려오는 매운 눈꺼풀을 부빈다
텔레비전에서는
오늘 현장을 톱기사로 보도하고
무차별한 경찰 폭력은 잠시 비춰지고
오래오래 데모 현장만을 보여주고 있었다
TV를 보며
생각없이 우쭐한 간부들의
간사한 욕설과 웃음 뒤섞인
자욱한 담배연기 어지러운
어디 정 붙일 곳 하나 없는 내무반을 지나
어수선한 복도에서는
고참과 동료들이 먹고내기 탁구를 치고
푸짐하게 준비된 식사 시간
시경에서 온 경찰간부의 훈시처럼
하루의 잔치를 위해
몇 달을 길들여진 짐승의 생리로

우리는 철저히 무시당한 채
과중한 진압 후
위문금으로 보급된 하이얀 백숙을
다디달게 먹어치우며
허기진 시간을 씹고 있었다
오랜 인내와 사랑을 가슴에다 품고서
각본된 내일을 준비하고 있었다

사랑하는 전경 동지에게 7
– 짭새일기

수풀 우거진 학교 뒷산, 건물 옥상
도둑처럼 꼭꼭 숨어 훔쳐보던 민주광장
흔들리는 목소리로 무전기를 움켜쥔다

천이백 장 천이백 장 현종발 온도 천삼백 도
꽃잎 이백 풀잎 오백 입문 진출중 ✻

긴장되는 언어들 차례로 송신하고
어지러운 시위장
오랫동안 망원렌즈로 지켜보는
나는 왜 짭새가 되어야 했을까
국방의 의무 삼 년 사슬 몰리고 몰리다
이제 흩어지는 최루 가스
모질게 삼켜야 하는 매운 기침은
목젖이 부어오도록 뱉어내는 상처가 되었는데
오늘도 숨고 숨어
애꿎은 보급담배만 피워대며
학원반에서 보내 온 값싼 점심을 먹어야 하는
나는 왜 못난 짭새가 되었단 말인가

파견나온 특전으로
머리를 기르고 사복을 입고
학생도 아니면서 학교 주위를 걸어야 한다
수업이 시작되어도 받을 강의가 없고
강의를 받아서도 안 된다 다만,
교직원이 건네주는 첩보 수집과
민주게시판 훔쳐보는 일만
두리번두리번 오래도록 해내야 한다
지루한 하루하루를
무거운 진압복 대신 왼종일
첩보, 첩보들을 확인하며
아무 보람도 없는 국방의 의무
또 하루를 보낸다
어두운 밤으로 침잠을 한다

*일종의 암호로 이를 풀이하면 다음과 같다.
 제2중대 제2중대 현재시간 한시 삼십분
 여학생 이백 명 남학생 오백 명 교문 진출중

사랑하는 전경 동지에게 8
― 민주게시판 앞에서

나는 왜 여기에 서 있느냐
교내 게시판 대자보 앞에서
어둠 속에서 손전등 비춰가며
떨리는 손, 떨리는 종이 부여잡고
차갑게 비웃는 풀벌레 울음소리
점점 귓가에 아우성치는데
하이얀 별들이 빛나는
싸늘한 시멘트 바닥 위에서
사방을 경계하며
나는 왜 여기에 서 있어야 하느냐
학생들이 써내려간 깨알 같은 양심을
조심조심 주워담으면
그 고딕체 낱말, 낱말들이
내 가슴으로 꽉꽉 들어차는데
집회 날짜와 시간
군사독재 타도 미제국주의
통일에 관한 문구들을 핵심으로 찾아내며
나는 왜 여기에 또 서 있어야 하느냐
경찰서 정보과 학원전담반

야윈 어깨죽지로 날지를 못하는 가녀린 짭새
짭새인 내 신분을 생각하며
이렇게 서 있어야 하는
이 땅의 슬픈 사슬을 생각하며
나는 왜 여기에 자꾸만 서 있어야 하느냐

옛 부대를 지나며

십 년 전 나와 같은 젊음이 이곳에 있었구나
옛 부대를 지나며
이제는 아는 이 하나 없는
진주시 상평동 제2기동대
예전처럼 기합소리 요란한 연병장
워카와 진압장비 닦던 건물 옥상
그곳에서 얼차례를 받다가 죽어간
키 작은 오일경이 생각난다

고참에게 물려받은 풍성했던 체육복
엉거주춤한 진압복 애처로워
땅꼬마라 불리던
충청도 안면도가 고향인 그이와
엇비슷한 키 덕분에 모포를 털 때나
방패조로 편승된 시위진압에서도
단짝처럼 서로를 챙겼더랬는데

오랜 시간 지난 그때의 슬픈 이야기
지금은 얼마나 변했을까
담 너머 선술집 몰래 찾아온 후배에게

소주잔 건네며 묻고도 싶지만
섬짓, 초동진압. 좌경척결
선명하게 박힌 체육복 글귀에
아무 말 하지 못한다
젊은 한때 내 집같이 살던 그곳
멋적게 돌아보며
무거운 발걸음 옮긴다

전주에 가면

김제 정읍 아득한 벌판 지나
전주에 가면
투박한 뚝배기 온기 가득한 비빔밥이며
밥냄새 구수한
한일관 서른 가지 반찬 족히 되는 백반집
하루에 콩나물 국밥 삼백 그릇만 판다던
삼백집 할머니 손정성
따뜻하기만 한 밥인심 느껴보라

무주 진안 장수 가파른 산자락 지나
전주에 가면
정읍집 후문집 할매집 김제집 가보라
전국 어느 곳 비슷한 가격에도
막걸리, 소주 한 병만 시켜도
열 가지가 넘는 안주
밥 한 공기 찌개 하나 더 달래
시장기 넉넉히 가실 수 있던
풋풋한 인정 넘쳐나는 술인심

동진강 만경강 물줄기 거슬러

전주에 가면
도심 변두리 송광사, 화심도로 따라가 보라
예나 지금이나 변함없던
즉석 순두부 생김치 백반 어울어진
이집 저집 웃음소리 박수소리 또닥또닥
허름한 듯하여도
이내 분위기 밤늦도록 젖어들던
구성진 가락 정겹던 사람인심

관통로 팔달로 기린로
다른 도청 소재지보다 낙후된 거리
전주에 가면
대통령 선거철이면 그럴싸한 공약
빛 좋은 개살구로 뒹굴던 시절에도
어디 그 정성 한 번 변한 적 있었냐고
백 년 전 갑오농민 닮은 사람 사는
모악산 아래 아무나 붙잡고 물어보라
죽어라 죽어라 하는 불경기 속에서도
그런 인심 그런 대물림으로
가짜가 판치는 세상에서

어떻게 누대를 살아왔느냐고

곡송(굽은 소나무)

야트막한 언덕배기 양지바른 한켠
이제는 쪼르르 달려와
오손도손 놀아줄 아이도 없는
한적한 앞마을 바라보며
목놓아 울음 울꺼나
저기 굽은 허리 애고애고 두드리며
신경통 관절통 고생 고생만 하는
이러지도 저러지도 못할
할아버지 할머니 늙은 인생길
구시렁구시렁 말동무나 하며
시름시름 나도 따라
또 한세월 휘감기며 굽어나 볼꺼나
아무짝에 쓸모없는 굽은 소나무
아서라, 누가 날더러
고향의 아름다움이라고 했던가
그나마 남은 흙무지랭이 사람들
송장 칠 젊은이도 부족한
초라한 상여길 뒤편에 서서
말라 비틀어진 굽은 허리 늴 자리 찾으며
꺼이꺼이 목놓아 통곡이나 할꺼나

권다가

차나 한 잔 들자
거름냄새 풍기며 찾아온 철수야
풋풋한 풀내음 우려낸 녹차 한 잔에도
씨줄 날줄 또닥또닥 두어보는 바둑에도
애고애고 근심투성이다
세상일이 바둑판만 같았으면
이리 뛰고 저리 벌려
죽든 살든
원도 한도 없이 싸워나 보겠지만
날씨가 좋으면 좋은 대로
나쁘면 나쁜 대로
축몰이 당하듯 환격당하듯
죄다 망해 먹는 농사판
돌 던지듯 내팽개치고픈 마음이야
하루 열두 번도 더 나지만
그게 어디 농사꾼 마음이더냐
건네주는 말 한마디
몇 점을 더 놓아도 배워야 할
너의 농사판 철학처럼
오래도록 우러나는 차나 한 잔 들자

제3부

개양역

한 소절 기적이
산허리 돌아오면
울타리 곁 채송화 흐느낀다
남강자락 휘도는 개양 간이역
염려마라카이요 돌아올끼요
가면 꼬옥 편지할끼요
칙칙한 모자 중년 역원이 개찰한
가슴 태우며 떠나는 목소리
몇 번을 강물 구비 거슬러
철길 따라갔을까
일제 땐 큰외삼촌
육이오 땐 중산 아제
그 뒤를 아들딸 몇 해 걸러 떠났고
수십 년 장국밥 푹푹 고아 팔던
옥종댁도 떠나려 하네
상평공단 너른 벌
강뚝에 들어선 화학공장 굴뚝
기계공단 폐수에 밀려
이제는 이마가 툭툭 불거진
낯선 물고기마저 떠나려 하네

남강을 맴도는 검게 그을린 얼굴
누렇게 철길 따라 일렁일 때
염려마라카이요, 염려마라카이요
그놈의 염려바람 많기만 하네

신혼 단상

늦게 일어난 아침
처마의 그림자는 섬돌까지 금을 긋는데
촌에 살면 부지런해라 부지런해라
부산한 어머니 말씀만큼
새벽부터 바삐 일터로 나간
시골 살림 농사철 흔적을 둘러보다
신혼 단꿈 가시지 않은
멋적은 심정으로 차곡차곡 이불을 갠다
남들이 부러워하는 말마따나
밤새워 신혼의 깨소금을 볶았는데
우짜꼬 우리는
한숨에 젖는 현실과
그래도 믿기지 않는 허술한 미래들이
어제 갈다만 참깨밭 만큼이나
아득하기만 할까
자꾸만 되뇌이며
점심 준비하는 아내의 푸성귀 무치는
구수한 참기름 냄새처럼
어설프게 묻어날 참깨밭으로 간다

아직은 서투른 농삿일과
서투른 남편으로
어렵사리 준비한 사랑 사랑이라지만
그나마 준비된 참깨밭가에는
유채꽃 제비꽃 꽃다지 저리 곱게 피워쌓는데
그래 툴툴 목장갑 끼며
힘주어 보는 일터의 세월
첫 시작에서
팍팍한 땅 언저리 호박 구덩이
깊게 파보는 낮은 자리와
일구어가야 할 참깨밭
일구어가야 할 일거리의 삶이
나를 부지런하게 한다 또다시
신혼의 깨소금 볶듯
참깨밭을 갈아엎게 한다

차를 달이며

점심때가 가까워 오면
농삿일 하다 말고
찻집에 나가 차를 달여야 한다
세 마지기 논농사 세 마지기 밭농사로는
세 식구 산 입에 풀칠하기도 어려워
이것저것 궁리 끝에 시작한 전통찻집
삼십 먹은 어중간한 나이로
차를 달이고 나른다는 일이
어색하기도 속상하기도 했지만
이제는 돈벌이 맛에 녹아
몇 주 만에 하던 목욕과 이발
며칠 만에 갈아입던 속옷과 겉옷
이틀을 마다하고 꼭꼭 챙긴다
돌이켜보면 몇 푼 돈에 더 움직였던
하루하루의 정성에도
손님 뚝 떨어진 나른한 봄날 오후
텅 빈 자리들에
술렁대는 이야기 그립고
더불어 모여지는 매상으로
틈틈이 고생하는 이들에게

욕심 같아선 술 한 잔 내고도 싶다
엽차 한 잔에도
맑은 백두산 천지물 길어다
잠시 쉬어 가는 사람 어울려
주거니 받거니
차 한 잔에도 따뜻하게 녹아 있을
정겨운 통일 이야기 마시고 싶다

시가 씨라면

한 편 시가 씨라면
일단은 주저하지 않고
이 땅 어느 곳인들 씨앗 심지 못할까 보냐
때맞춰 씨앗 심는 농부의 심정으로
한알 한알 심다 보면 알 수 있으리
시가 씨가 되어
줄기도 뻗고 가지도 쳐 화들짝 꽃피워
보란 듯이 열매 맺는다는 농부의 철학쯤은
하지만 아직은 서투른 시쟁이 농사꾼
세상양식은 고사하고
내 가족 하나 굶겨 죽일 씨앗이라면
천금을 주고도 배우리라
한 몸 썩어 문드러져 백골이 진토되어
구천을 미친 듯 맴도는
중음의 혼백으로 남을지라도
시가 옹골찬 씨앗 하나로 남을 때까지
배우고야 말리라 심고야 말리라
야무진 씨앗 하나
정성으로 심어내는
저 푸르른 들녘 농부의 마음으로

시쟁이 마음으로

참깨밭에서

깨알 같은 희망으로 심어본
참깨를 수확하며
내 얄팍한 욕심을 후리친다
밭자리 뒤엉킨 첫 농삿일
살점 도려내듯 듬성듬성 죽어난 쭉정이
어떤 것은 말로만 지어보는 농사보다
하찮은 보살핌에 매달려 죽어났고
어떤 것은 덜된 상식으로
거름 기운 약 기운 제때에 주지 못해
애간장 내 속 태우다
다 태우다 죽어났고
그 속에 남은 것들
팔월 겹쳐 오는 태풍에도
한여름 염천 아래
시름시름 묻어 오는 잎마름병 전염에도
모질게 버티어 살았구나
너희들 쓰러질 때
내 가슴 훌라당 함께 쓰러지지 못한
누렇게 말라버린 어설픈 노동
부끄러운 배반을 달래주듯

빼곡이 감겨진 채
하얗게 쏟아지는
하 맑은 생명력이 놀랍구나

어머니 말뚝 박는 소리

무서리 내릴세라
밤늦도록 청마루 백열등 밝혀놓고
어머니 콩꼬투리 거두실 제
전주에서 왔다던 형사 세 사람
삼 일 밤낮을
담 너머로 훔쳐보고 있었네

벼타작 콩타작 깨타작
줄줄이 가을 일거리 쌓인
하필 그때 들이닥친
정지칸 부지깽이보다 못한
덩치 큰 세 사람
잡혀가야 할 아들은 어디로 갔을까
어둠으로 스며든 불안
주름살 더욱 후벼파는데
등뒤로 섬뜩한 전율이 돌아
콩꼬투리 섬돌에 야무지게 후리치며

잡아갈라면 가소 잡아가 봐
우리 아는 키아봐서 알겠지만도

죄 질 아가 아이라칸께
오데 한번 잡아갈라면
마음대로 잡아가 봐

그토록 울어쌓던
귀또리 울음도 뚝 그치고
오히려 더욱 당당해진 어머니
적막강산 말뚝 박는 소리

개망초

한여름 고랭지 채소밭 갈아엎는다
며칠째 장마로 우당탕탕 빗물 내리듯
채소금 곤두박질치고
중간상인 하나 찾지도 않을 바엔
놀음판 투기하듯 가을배추나 갈란다
무우나 갈란다 그 와중에도
허연 버짐 번지듯 논둑 밭둑 하얀 개망초
염병할 느그놈만 좋다고 피어쌓느냐
한일합방 되기 전
철도공사 미국 사람 철길가로 심었다던
북미 원산 개망초
오죽하면 조상님네 나라망신 개망신
개개개망초라 하였을까
아서라, 지천으로 춤을 춘들 어지럽다야
따지고 보면 무 배추값
깡그리 똥값 되는 사연도
다 너그 고향놈들 때문이다야
생각하면 할수록 악받쳐 오는
일손 귀한 여름 한나절
갈기갈기 네 꽃잎 짓밟는다야

신문 배달 1
-생존법칙

새벽 세시면
밀려오는 졸음 일깨우며
어제의 흔적이 어지럽게 늘려진
이 골목 저 골목 누비며 신문을 돌린다
아내가 준비해 둔
죽 한 사발로 우선의 허기를 달래고
팔베개에 잠들던 어린 아들과 딸
그들과 닮은 아내를 뒤로하며
어둠이 지쳐 있는 거리로 나선다

생존을 위한 하루의 법칙이
자신과의 끈질긴 싸움밖에는
큰 의미가 없다는 단순함 속에서도
모든 것이 새롭게 밝아오는 새벽
내가 할 수밖에 없는 최선의 역할이
어설프게나마 한 가정 지켜가게 한다

예전에는 미처 생각지도 못한
새벽사람 부지런한 삶들이

샛별처럼 맑아 보이고
햇살 돋는 거리
눈부시게 쏟아져 나오는
깨끗하게 교복 입은
총총한 발걸음 아이들 속에서
단순했던 하루의 시작이
신문 속 정리된 활자처럼
온몸 맑게 스며드는 햇살 받듯
차곡차곡 내 한 몸 만들게 한다

신문 배달 2
— 봄이 오는 길목에서

오랜 가뭄 계속되는 동안
예보되지 못한 소나기 황당하게 내려
더 이상 젖을 것 없이 나를 젖게 하지만
배달 끝나는 마지막 순간
개운하게 날 개어 차분해진 세상은
다디단 목 추겨 한결 생동감 넘쳐 보인다
하이얀 미색 종이에
분주히 살아가던 신문 속 활자 세상
무엇을 얻고 무엇을 이루어가는지
세상은 저리도 아우성인데
배달아이 둘은 학교행사로
둘은 비 온다는 핑계로 오지 않고
독자들 출근 끝난 다음에야
겨우 뒤치닥거리 마친,
봄 햇살 따사로운 텅 빈 거리
생존의 희망이었던 한부 한부의 꿈조각들이
혹시 젖지 않을까
다시 한 번 되돌아온 길 돌아보다
해맑게 꽃사래치는 언덕에 서면

웬일인지 눈시울 적시는 이유는 무엇일까
쏜살같이 달리던 저 골목길 접어들면
언제 피었을까 정갈하게 핀 목련
눈 시리도록 피어도 확인하지 못했는데
내가 흘린 땀방울도 저리 고와질 수 있다면
괜스레 되뇌여 보는 늦은 아침에
저기 봄이 왔노라고
감칠맛 나게 유혹하는 꽃바람과 더불어
내 마음 설레게 하는 이유는
지난 겨울 세상과 함께
송두리째 얼어터지던 절망을 잠재우고
일제히 우군 몰려오듯 다가서는
나를, 하염없이 젖게 하는 저 푸르른 살결은

신문 배달 3
― 혼자 가던 새벽길에서

칠흑의 밤길
오토바이 헤드라이트로 밤길 더듬으며
험한 길 혼자서 나뒹굴던
여기저기 묻어나는 어둠의 상처를 지나
산뜻한 길 달리면 때로는
새벽 폭주족처럼 순간의 즐거움
마냥 좋아라 어느 대중가요에셔
기타로 오토바이 타고 오토바이로
기타를 탄다는 도저히 이해할 수 없는
신세대 락 흥겨운 리듬처럼

순간의 고통 이겨내는
간절해지는 내 힘으로도
동지섣달 긴긴 밤 너무나 매서워
울음 울 때가 얼마나 많았던가
하물며 우선 먹을 양식마저
깡그리 바닥났다는 북녘 동포 생각하면
순간의 고통 행여 사치는 아닐까
배달 끝나 집으로 돌아오면

고생했노라고 차려지는 밥상 앞에
천국으로 변해 버린 순간의 고통은
고백하건대 얼마나 아름다움이었던가

내일 또 혼자 가는 새벽이 오면
제아무리 비바람 불어와도
북풍한설 몰아친대도 아직은
초라하지 않은 삶이 버티고 섰는데
도대체 무어란 말인가
내 삶보다 더 나은 삶들이
주저리 주저리 요란한 남녘의 고통이란
순간의 괴로움 하나 못 이겨
온갖 유흥과 범죄들로 광분하는
그 잘난 삶이란
고사 직전
순간의 고통마저 못 이겨
통째로 영원히 죽어가는 북녘 동포에게
고도리판 개평 던져주는 인심보다 더 못한
아예 관심 한 번 주지 않는
저 고고한 남녘의 아름다운 삶이란

도대체 무어란 말인가

가로등

긴 어둠 한 줄기 빛으로 버틴
네 구부정한 어깨가 아름답구나
가장 외지고 위험한 곳에서
삶에 지친 발걸음
빛줄기로 어깨 쓸어내리며
세상한탄 술주정 다 받아주는
가슴 맑은 벗이기도 하다가
높은 산동네 낮게 드리운 담장 너머
일 나가 부모님 늦은 자리
살포시 젖어들어
외로운 어린 가슴 다독이며
송골송골 얘기 들려주는
동화 속 맘씨 좋은 할머니이기도 하다가
밤을 낮처럼 살아가는 새벽 배달일꾼
헉헉 가쁜 숨길 몰아낼 때
텅 빈 거리 줄지어 서서
힘내라고 힘내라고
박수 쏟아내는 응원군이기도 하다가

직업 유감

대낮에는 멀쩡하다가도
새벽만 되면 비 오기 시작하는
지긋지긋한 봄 기온 이상현상이
달포 동안 계속되고
비 오면 오는 대로 눈 오면 오는 대로
거부하지 못한 채 다 맞고 다녀야 하는
직업도 참 얄궂은 직업이라지만
괜찮다 괜찮다 이제 더 이상
젖을 것도 없다 내게 위로한다
우비는 벌써 몇날째
퀴퀴한 곰팡내음 배어 있고
진흙탕 얼룩진 장화처럼
칙칙하게 퇴색한 얼굴로
속절없이 오는 비 다 맞다 보면
혹시나 알까 승천하는 용처럼
빗줄기 잡아타고 하늘로 오르다
쨍하고 눈부신 햇살 터지는 행운이 찾아올지
그러다가도 땅으로 꼬꾸라지는
미꾸라지 같은 인생이나
제발 하고 되지 말았으면

봄 마중

봄이 어느새 왔는가 싶다
오토바이 시동도 가벼워지고
언 땅 흔들거림으로 빠져나가던 골목길
부드럽게 녹아 길 열어주고
무거운 외투에 덮여
무심코 지나치던 얼굴들
이제는 살맛난다고 인사를 한다
누구보다도 먼저 봄이 왔음을 확인하는
새벽배달 일꾼 웅크렸던 어깨가
봄 허리 깊숙한 곳으로
한결 가볍게 내달리고 있다

살맛나지 않는 세상

살맛나지 않는 세상
식욕도 떨어지고
맹물에 미숫가루나 타먹을까
빈집으로 남아 있는 외가에 와서
모처럼 단잠 들려는 순간에도
세상 역겨운 소식 예까지 몰려와
쉬지도 못하게 한다 부정은
또 다른 부정을 낳고 어느 놈 할 것 없이
학식과 인품은 고사하고
마지막 남은 양심마저 던져버린
아예 믿을 구석이라고는 찾을 수 없는
사기꾼 탈가죽 쓴 그들에게
무슨 미련이 남았단 말인가
소꿉놀이하듯 온나라 통째로 말아먹고도
뻔뻔하게 모르쇠로 일관하는
청문회장 농간을 또 들어야 하나
그래, 먹장구름 몰려와 큰 비 내려
추잡한 그네들 속내를 팍팍 쓸어갔으면
감칠나는 미숫가루 맛 싹 가셔버린
어이, 재수없는 것들

귀가길

늘상
신문 배달할 때나 수금할 때나
오토바이 타고 다니는 일이
습관화된 생활이라지만
바짓가랭이 적시며
추적추적 비 오는 장마철
늦은 밤 귀가길 걷기로 했다.

눅눅한 발걸음 강물 따라 걷다 보면
어듸메까지 흘러와 어듸메까지 흘러가야 할
청춘의 흐름은 어떤 모습일까
거대한 물구비 이룬 강줄기 바라보다
괜스레 심각해진 하루의 의미가
저기 강물과 같아 보여
황토물처럼 혼란스러운 것일까

내일 또다시 아침 오면
이 골목 저 골목 바쁘게 스쳐 지나가다
남들 출근 끝난 시간
읽다 만 책갈피 졸음과 함께 방황하다

저녁 시간, 삼각관계 TV 연속물
여섯 살 아들과 한 살바기 딸의
초롱한 눈망울 속에 머물다
때로는 아내의 젖가슴까지
판에 박은 듯 완만히 흘러가는 것일까

그러다가도
미치도록 그리운 이들 생각나거나
세상일 역겹도록 뒤틀려 보이면
서울로 대구 전주 광주로
정신없이 흐르다 갑자기
유속 급한 일들에 과감히 휘감기며
지난 겨울
꽁꽁 얼어붙은 거대한 뚝 앞에서
꼼짝없이 머물다
또 어듸메로 흘러가야만 하는 것일까

저기 물과 같아야 할 청춘이라지만
시골 변두리 속절없이 흘러가는
귀가길 강가에서

언제 소용돌이칠지 모를 험난한 계곡
언제 부딪칠지 모를 거대한 뚝 앞에서
미처 아무런 준비 없이 흘러가야 하는 걸까
낮은 자리 빠짐없이 채우지도 못한 채
그리운 이들 더불어 어울리지도 못한 채

새힘이

아침이면
지 에미 애비보다
먼저 일어나
안방 건넛방
손 닿는 곳 어디든
어질러놓고
덜 여문 달랑고추
보여줄까 말까
잠 깨우는 머리맡
배시시
희게 웃는
새침떼기 저 능청

한수리에서
– 꽃동네를 반대하며

1

거창에 와서
강줄기 한 구비 한 구비 돌아
기세좋게 어울린 솔숲 따라가며 보라
정갈한 암반 사이로
새록새록 피어나는 들꽃 겸손한
지재미 초입 언덕 넘어서면
보일 것이다 태초의 원시림인 양
울울창창 한수리골
맨발로도 넉넉히 산길 걸으며
누구든 이곳에 와서
산기운 무겁게 드리운 맨 끝자리
쩌렁쩌렁한 침엽수림 깊숙한
산그늘에 들어
석 달 열흘 생각하고 생각해 보라
지도를 펼치면 대한민국
거창군 위천면 금원산 한수리골에 얽힌
최근에 불어닥친 사연 보일까
안타까움은 아픔으로 이어져

신열 앓고 있는 거창땅
여기서 내 말을 열어보리라

2

장끼 까투리 사랑놀음 꿩꿩 좋아라 두 귀 쫑긋 토
끼며 다람쥐 쪼르르 능청맞은 노루 설금설금 아, 이
곳만큼 숲다운 숲 또 있었던가 한수리골, 십 년 전
중앙대 생물학 탐사팀 세계에서도 단종인 희귀식물
몇 점 발견하고 수종도 천차만별 식물박물관이 따로
없던 평온한 산림에 언제부터였나 사람 발자국 잦아
들고 왜 가만 놔두지 않을까 이렇듯 소중한 생명 살
아 숨쉬는 터전 보존은 고사하고 어지러운 흔적 남겨
놓고 몸살 앓게 할까 사회복지 세계적으로 떵떵거린
다는 선진국도 여러 가지 조건 따져가며 오갈 곳 없
는 가난한 이들 소규모 시설 많이 지어 사람과 이웃
하며 재활의 장 열어준다는데 꽃동네로 위대하다는
오웅진 신부 왜 그러실까 교황청에도 검증받지 않았
다는 하느님 계시 꿈속에서 받았다는 이유 하나로
아무렇지도 않던 거창 사람들 회유도 하다 안기부,
청와대 협조문 보내 위협도 하다 거짓으로 돈으로

이간질까지 하다 결국 백만 인 서명까지 한다는데 그럴 순 없어요 거창을 몰라 꽃동네라는 이름 하나로, 얻어먹을 수 있는 힘조차 없는 가난한 이웃 돕겠다는 마음 하나로 행여 서명했던 분이라면 아주 단순하게 이곳에 와서 생각해 보아요 우리 나라에서도 몇 남지 않은 북향으로 계곡 열린 북풍한설 매몰찬 천연 원시림. 꿈속에서나 가능할까 차마 그럴 순 없어요 오히려 어려운 이들일수록 풍향 좋고 양지 바른 땅 나눔 또한 넉넉한 자리라야 복된 것 정말 아무렇지도 않던 한수리골 위대하다는 오웅진 신부 계시 하나, 옹고집 관념 하나 사로잡혀 금원산 골 깊은 계곡인 양 흙무지렁이 어머니 아버지 닮은 얼굴 주름 더욱 깊어져야 합니까 우리네 농촌 살아야만 한다고 야단입니까 지역사정 하나 알지도 못하면서 순진한 거창 사람 나쁘다고 욕한다는데 맹세코 고백하건데 아니랍니다 꽃동네 자체를 반대하는 것이 아니라 꿈속에서 계시받았다고 막무가내로 밀어붙이는 거창의 뿌리인 정말 모두에게 소중한 한수리골 그곳을 거부하는 것입니다

3

안개구름 차분한 아침
서원골 돌담 돌아
등불인 양
석류 붉게 환하고
두엄더미 피어나는 거름연기
넉넉히 농사짓고 있음을 알 수 있으리
한수리 시냇물 따라
일어서는 논두렁 밭두렁 초록물결
가을 향해 출렁이면
얼씨구나 풍년이로세
절씨구나 농자천하지대본이로세
십 년을 살아도 백 년을 살아도
행복하였네라 우리 먹여 살릴
저 푸르른 위천 들녘 가로질러
지재미천 맑기만 한데 아서라
유구한 세월 제아무리 흘러도
금원산 한수리골 우리가 지켜가야 할
생명의 근본이거늘 목숨이거늘

덕동 생각

  하늘로 치솟은 소나무 잎새처럼 촘촘히 예지의 촉
수로 드리운 한뜸 한뜸 바늘 깃 지나온 삶인 양 누더
기 걸쳐 입은 스님 미소가 넉넉했습니다 먹물 먹인
삼베 도포 윤기나게 펄럭이는 빨래줄 따라 폴폴폴
고추잠자리 맴돌고 맨발로 초당 흙계단 밟고 서면
아뿔싸, 이승일까 다시 돌아봅니다 세월이 아무리 흘
러도 좋은 것은 자연뿐인 듯하여도 그보다 더 숭고
한 것은 사람의 아름다운 마음이라는 말씀 속내 깊
숙이 자리잡았습니다 실바람 타고 산노을 물들여도
솔직히 어지러웠습니다 젊은 나이로 살고 있음인지
삶과 철학과 노동과 종교의 중심 아직껏 제대로 뿌
리내리지 못했습니다 스님께서 어떤 방식으로든 중
심 하나 실하게 세워가는 방법 부러웠습니다 새벽과
더불어 일어나 손금 닳도록 일하고 가야산 너머 햇
살 들면 없으면 없는 대로 불편한 대로 두 끼 공양으
로도 넉넉히 끼니 채우고 격식없이 공부하며 잠자며
삶이 화두처럼 느껴지는 무너지지 않은 중심 도대체
무엇이길래 훔쳐보고 싶었습니다 내가 세워가던 중
심 최루가스 역겨운 아스팔트 주위에서, 무너지고 일
어서기를 반복하다 지금은 지친 중심 하나 기댈 손

때묻은 초당 하나 없이 외로웠습니다 스님과 내가
세워가는 중심 도대체 무엇이 다른지 따져보고 싶었
습니다 어느 곳 둘러보아도 손 정성 닿지 않은 곳
하나 없는 먹을거리되는 땅 반은 꽃을 심고 반은 양
식 심은 덕동언덕 둘러보며 내 마음 모질게 흔들어
놓은 곳 덕동만큼 없었습니다 내 아내를 처음 만났
던 짜릿한 순간, 옷고름 풀어주던 첫날밤 아름다웠던
시간처럼 아, 덕동언덕 송두리째 첫경험이었습니다.

제4부

제4부

원기마을 이야기 1
－내력

얼마나 많은 사람이 넘었을까
또 얼마나 많은 사람이 넘어야 할까
험한 고개로 치자면
어디에도 뒤질 수 없는 곳
덕유 제일봉 삼봉산 아래
충청도 전라도 경상도 사람
꾸역꾸역 바람타고 넘던 곳
엄동설한 모진 북풍에도
고개 바로 아래턱 따뜻한 개양지
어머니 젖가슴 같은 이곳에
원기동이라 이름지어 사람이 살았다네

이곳에 누가 터를 닦고 살았으랴
먹을거리 되는 땅이라곤
가파른 산자락 내려오다
어쩌다 낮게 드리운 자리
얼씨구나 논을 치고 부지런히 밭을 치고
양지바른 한 켠 초가삼간 집을 지어
덕유산 구천골 산자락 닮은

주름진 얼굴 시름 깊은 사람들
노잣돈 몇 푼에도
편히 쉬어 가던 자리
마음씨 고운 사람 뿌리내린 자리

정이 많은 사람 곁엔 으레
오순도순 사람 불 듯
한 해 걸러 또 걸러
옹기종기 집들이 불고
어디에서 왔을까
탐관오리 기세 등등하던 시절
더 이상 밀려갈 땅 어듸메요
끝내 승천하고야 말 덕유산 꽃봉오리 아닐 바엔
차라리 여기까지 밀려온 가난한 사연
가슴 깊숙이 감추고
각성바지 사람들 핏줄 모아 살아
사람에게 씨뿌리고
땅에도 씨뿌려
내리 내리 산다네 원기마을

원기마을 이야기 2
－탄생

저 산을 볼거나
소백산맥 내려오던 산줄기
대덕산 수도산 가야산으로 치닫고
또 한 줄기
덕유산 지리산 백운산 내달리던
우뚝 선 세 봉우리 삼봉산
폐허된 땅덩이 뒤집어
콩 심은 데 콩나고 팥 심은 데 팥나듯
땅은 거짓말하지 않는 법이라네
가꾼 만큼 새순 솟고
정 준 만큼 열매 익어
언제든 삼봉산 빼다박은
흙가슴 다시 묻은 자리
옹골찬 속살 영글던 소백산맥 깊은 밤
그 정성 그대로 사랑꽃마저 정 깊어
애기울음 울렸네
삼봉산 정기받은 산 같은 애기울음
얼씨구나 육서방네, 최서방네
절씨구나 돌담집 이서방네

내기라도 하듯 얼크렁설크렁
온 동네 떠나갈 듯
세 아기 울음 울렸네
삼봉산 기분좋게 우렁차게 울렸네

원기마을 이야기 3
— 성장

아이야 저 산을 보거래이
봄이 오면 봄산 가을 오면 가을산
싹다 너그들 산이래도
오데 못씨는 땅 있더나
요로케도 소중한 땅땡이
너그들 발목아지 묻어
시커멓게 굵어지면
아부지 고랑내고 어무이 북돋운
탑선골 옥당골 작은골 무시밭 배추밭
갈아보거라 심어보거라이
지겹도록 되풀이되는 일이라케도
봄갈이 여름갈이 귀한 땀방울 거름되어
쪼개만한 종자 말쑥하게 자라면
옷도 된다 밥도 된다 집도 된다카더라
그라고 이 나라 젖줄도 된다카더라

아이야 저 들도 보거래이
어미 애비가 배운 것이라꼬
산골짝 계단논고랑 밭고랑 타는기라도

자석농사 짓듯 농사 지보니 알겠더라
종자 하나 제대로 썩어야
얼매나 곡석이고 채소고 실해지는가를
하지만서도 너그들한테꺼정
농사 물려줄라칸께 울컥
억장이 무너진다야
땅이사 오데 거짓말하더나만
사람들이 하도 거짓말하다 본께
너그만이라도 속고 살게 하고 싶지 않다야
우쩨끼나 농민자석이라고
보기좋게 말하는 놈들
제대로 썩는 경우 못 봐쓴께
너그라도 사람 사는 땅 오데를 가도
잘만 썩어가는 종자 되면 되는기다
실하디 실한 종자 말이다

원기마을 이야기 4
―내 땅이 최고다

아무도 알려주지 않은
삼봉산 오르는 벼랑길 셋이서 올라
삼신할매 돌봐준다던
첫째봉 둘째봉 셋째봉
철수봉 용환이봉 동근이봉 이름짓던
올챙이 개구리로 변하던 시절
재너머 신작로 따라
무슨 세상 있을까
모퉁이 돌면 또 모퉁이
산그늘 속 진저리나는 배추밭 무밭
아등바등 일만 하며 자라던 아이 셋
도망쳐도 보았네 낯선 도회지
고향보다야 백 배 못한 곳
부랴부랴 다시 짐 챙겨 돌아온 곳
없이 살아도 우리 살 터 여기로구나
다시 삼봉산 마주하여
할아버지 아버지 흙가슴 묻은 자리
오래도록 같이 살자 다짐하던
지금은 의젓하게 자란 힘센 청년

한 형제처럼 산다네 원기마을

원기마을 이야기 5

-육철수

1962년 동짓달생
희귀한 성씨 육서방네 둘째 아들
유난히 코가 커서
동네 사람 철수보고
뭣도 크겠다고 키득키득 놀려댈 때
말 마소 그게 크면 뭐하요
떠거랄 장가도 못 간 신세
농촌총각 장가보내기 대책위원회
큰 불알 요령리 나도록
뭣 빠지게 다니더만
이제야 제대로 임자 만나
신혼꿈에 젖다가도
새벽같이 부지런도 하여라
삼천 평 고랭지 배추밭 무우밭
한달음에 갈고도 모자라
짜투리땅 낮은 자리 열무 심고
언덕배기 점골양지 도라지
손 정성 한번 주면
잘도 커가는 호박 심어

후원금, 각종 성금일랑 빠짐없이 낸다네
올해는 덤으로
북한 사람 굶어죽는다며
동네 노는 땅 하나 얻어
낮일하랴 밤일하랴
일복이 터졌다며 행여 큰 코에서
쌍코피나 터지지 않을까 걱정이라네
갓 시집온 새색시 얼굴 더욱 붉다네

원기마을 이야기 6
- 최용환

남들 다가는 대학
남들 다가는 도시 마다하고
읍내 공사판 막노동 일 년 동안 모은 돈
마을 뒷산 팽나무 아래
일찌감치 분가하여
산골 살림 차렸다
동근이 철수 함께 어울려 지은 집
흙바른 서까래 촘촘히 싸리목 걸치고
도랑가 큰돌 모아 벽난로 만들어
쌓인 눈 정강이까지
푹푹 빠지는 겨울
아담하게 장작불 피워
서재에 쌓인 책 키 더 높인다
죽도록 읽고 싶은 책 너무 많아
무작정 산으로 들어온 지 십 년
처음에는 제정신이 아니라 했었고
청춘이 아깝다며 말 많아도
그럴수록 낮에도 일하고
밤에는 미치도록 읽던 책 속

공자 맹자 석가 예수를 만나고
퇴계 율곡 다산 단재 함석헌
소크라테스 아리스토텔레스 다 만났던
추운 겨울 세 해 지나
쌓인 눈 녹듯 삼봉산 자락 새순 솟듯
그토록 가슴 조이며 만난
일하는 사람 철학 알고부터
더불어 바로 사는 법 세웠다.
동근이 철수 불러모아
농민이 살아야 나라가 산다는 법
밤새우며 함께 알았다

원기마을 이야기 7
- 이동근

뭐 뭐라카노
뉴스 시간에 빛 좋은 개살구
말로만 살기 좋은 농촌
천불이 난 동근이 급한 성질
말마저 더듬을 제
갓 시집온 미숙이 빙그레 웃는다
한두 번 속는 것도 아닌데
한두 번 당한 것도 아닌데
테레비만 볼 때면 열받는다
매달 열리는 면농민 월례회
얼근하게 술 오르면
우 우리 아니면 굶어죽을 것들이
바 발에 낀 때만큼도 새 생각지도 않는다며
우리도 파 파업해야 한다며
정치하는 노 놈들도
십 일은 굶어봐야 안다며
혼자서 다 열받는다
탑선골 동근이 닮은
다리 굵은 무우 알통 꽉찬 배추

성질 급하게도 잘도 자란다

원기마을 이야기 8
- 다짐

한 시간에 한 대 있는 시골버스
먼지 폴폴 날리며 지나는 신작로길
가도가도 가파른 산모퉁이
설마 이곳에 사람이 살랴
소사분교 여선생님 첫 부임 때
혹시나 돌아오지 못할까
남몰래 울며 오르던 고갯길
산 속 깊이만큼 정 깊은 사람들
못내 그리워
몇 년 뒤, 다른 부임지로 떠날 땐
부끄럼도 없이 펑펑 울며 가던 고갯길
또 한 아가씨 산길 오른다
동근이 텃밭 도라지꽃 닮은 아가씨
덜컹거리는 시골버스 차창으로 바라본
삼봉산 자락 원기마을

마음이야 다부지게 먹었지만
이곳에 살 수 있으랴
말로만 들어온 시골길

농촌봉사 활동 때
며칠 동안 맛만 보았던 농촌
그땐 얼마나 힘들었는데
이 생활 평생 할 수 있을까
이토록 깊은 산 속에서
아니야 일 년 동안 고민해 온 일인데
남들은 힘든 공장일이며 막노동도 하는데
할 수 있어
농민회 어르신 특별히 배려해 준 곳인데
그래, 얼마든지 할 수 있어

원기마을 이야기 9
－만남

경사났네 원기마을
젊은 여자라곤 씨 말라버린 시골
아가씨가 온다네 농사지러 온다네
농사는 무슨 농사 호강하며 자란 처녀
신주단지 모시듯
떠나지나 말게 해야지
바쁜 농사철 온 동네 수군수군
다락논 모내기 줄줄 줄따라 수군수군
철수 용환 동근이 안달나겠네
누가 먼저 주인될까
아따 그야 퍼뜩 꼬셔
먼저 자면 주인이지
온 산 봄꽃 흐드러지게 피어나듯
웃음꽃이 피어나네
철수 용환 동근이 봄배추 물오르듯
마을 가득 생기가 돌았네
예쁘기도 하여라 아가씨
팔뚝도 굵어라
아따 방뎅이도 크네

돌담 너머 아줌마들
요리조리 훔쳐보고
코 큰 철수 색시감 되겠네
도회지 대학 나온 아가씨들
고상한 거 좋아하네 용환이 색시 되겠네
뭐라카노 동근이 어매 극성 좀 봐
벌써 건넛방 깨끗이 치워
살림살게 차렸다카네
그라마 구렁이 담 넘어가듯
동근이 색시 다 된 거네

원기마을 이야기 10
― 사랑의 뿌리

동근이는 하루 종일 안절부절이다
새벽같이 일어나
잘하지도 않던
마당이며 골목 죄다 쓸고
마을 어르신 찾아오면
건성으로 하던 인사
깍듯하기도 하여라
밤이면 철수 용환 불러모아
술 권하는 자리
하루 반 갑이면 족하던 솔담배
벌써 두 갑을 거덜내도
눈은 자꾸만 건넛방으로 간다
벽 하나 사이에 두고도
가슴 밑바닥 일렁이는 얄궂은 마음
어이할거나 어이할거나
이것이 그리움이란 것인가
이것이 사랑이란 것일까

원기마을 이야기 11
— 방황

미숙이는 밭고랑을 잘도 탄다
뙤약볕 현기증 나는 더위 속에서도
봄배추 내기 무섭게 다락논 모를 내고
하루 품삯이야
배추잎 같은 지폐 두 장
지쳐 쓰러질 순 없는 일
바보 같은 생각이었다
농촌을 알면 얼마나 안다고
그들을 가르치려고 했었나
철수 용환 동근이형
마을 아저씨 아주머니
그토록 부지런하기만 한데
필사적이었다 원기마을
아름드리 무우 알 꽉찬 배추
뼈빠지게 지어도
시세는 종잡을 수 없이 하락하고
겨우 건져낸 종자값 몇 푼으로
놀음판 투기하듯 고랭지 채소를 갈고
그렇게 갈고 또 갈며 살아도

물러설 줄 모른다
오히려 산지의 헐값
도회지에서 몇십 배로 뛰는 농작물
직거래 유통구조 고민한다
깡그리 농촌 망쳐먹을
하루 걸러 뒤바뀌는 농업정책
피곤한 밤에도
어울려 고민한다

내려갈 순 없어
이토록 처절한 산골
만약 도망친다면 아무것도 못할거야
어디라고 어렵긴 마찬가지
이곳을 떠난다면
얼마나 많은 사람이 실망할까
따뜻하게 지켜준 철수 용환 동근이형
마을 아저씨 아주머니 동근이형 어머니는
친며느리처럼 돌봐주시는데
평생을 살 각오로 와놓고선
고작 일하는 것이 힘들어서

물러서려 하다니 이제부터다
정말 삼봉산 귀신이 되는 거다
철수 용환이형도 좋지만
동근이형과 짝하여 농촌 망해먹게 하는 자들 보기
좋게
오뉴월 서리내리게 하는 거다

원기마을 이야기 12
－어머님 전상서

이제나 저제나 또 걱정만 하실 어머니
요즘 들어 부쩍 어머니 생각
밭고랑 지심 맬 때나
피곤한 밤 풀벌레 울음 울 때나
베갯잇 적시며 밀려옵니다
떠나오던 날 말 못했던 사연
뼈저리게 후회되지만
이렇게라도 할 수밖에 없었던 결심
용서해 주셔요 어머니
남들 부럽지 않게 키워온 은혜
눈에 넣어도 아프지 않을 애물단지
그 정성 그대로 부끄럽지 않은 삶
엮어가렵니다 어머니
맑고 맑은 덕유자락 산내음
가꾼 만큼 정깊게 여물어 익어가는
고랭지 채소밭 속살 가득히
실하디 실한 다짐 키워가렵니다
높은 산 깊은 골
언덕이란 언덕에는

푸른 빛 무우배추 물결치며
칠팔월 생기 넘쳐나듯
그래요 어머니 내 마음은 벌써
농민이 되었습니다
지지리도 못나 뵈는 딸년
하도 어이없어 헛웃음치시던 허락도
어머니 이제는 알통 굵은
통배추 통무우로 자라고 있습니다
올 가을 정겹게 놓일 밥상 옆에는
열무김치 김장김치 개운한 시래기국처럼
저는 어머니 곁에 늘 있을 겁니다

원기마을 이야기 13
― 백년가약

행복하게 살게나
소백산맥 고요히 드리운 아침
이른 새벽 옹달샘물 길어
하얀 사기그릇 담은 소반
백년가약 혼례상 전부래도
동근 미숙 사랑으로 마주한 자리

철수 용환 마을 어르신 농민 형제들
함께 염원 모두운 자리
맑은 물처럼 살게나
물은 모여야만 산을 넘나니
물은 맨끝 낮은 자리 채워야 흐르나니
억센 흙손 맑은 물에 깨끗이 씻어
멈추지 말게나
그대들 사랑하는 일 멈추지 말게나
온몸 푸른 산맥 세우고
마주잡은 두 손
소박하게 충혈된 꽃망울
샘물처럼 흐르는 눈물

조금씩 키 높이면서 사랑으로 가는 일
농민의 맹세라네
오랫동안 기진했던 잠
어둠 속에 갇혀 얽혀 있던 천 갈래의 소리
모두 풀어헤치고
사랑하는 일 멈추지 말게나
면사포는 없어도 금시계는 없어도
쌍무지개 뜨는 꿈언덕 아니어도
사람답게 사는 삼봉산 자락
차분히 눈을 들어
아침 산 동터 오는 들을 보게나
동근 미숙이가 서야 할 자리
온 세상 닥쳐올 시련
온몸으로 받고
껍질 하나씩 더욱 아프게 찢으면서
더운 여름날 고랭지 배추 심어
속 꽉찬 푸른 포기 묶듯
알맹이 채우며 살게나
더도 말고 덜도 말고
사랑하는 일 멈추지 않게

아무리 마른 가뭄에도 샘솟는
용환네 옹달샘 맑은 물처럼 살게나
아들 나면 현사동이 딸을 나면 선인선녀
내리내리 사랑하는 일 멈추지 않게
오래도록 알맹이로 살게나

원기마을 이야기 14
― 맹세

정월 대보름 지나
이월 영등도 지났다
옛날 농사꾼들
마지막 양식 톨톨 털어
이월밥 먹고 나면
뒤안밭 미루나무 가지에
석 자 새끼로 목을 맨다고 했었다
용환아 철수야 동근아
이젠 그 이야기 전설이 되었다는
잘살 수 있다고 외쳐대는 현대판 농촌
그 많은 자살한 농촌 선배들
황천귀신되어
천지신명께 무어라고 고했는지
목맬 사람 하나 둘 떠나고
오늘도 신한국 창조한다는 신대통령
돌아오는 농촌 희망 있는 농촌
확실히 만든다지만
씨갈이 반만큼이나 믿을 사람 있더냐
그럴수록 참 장하게 느껴지는

원기마을 이야기에도
또 어떤 시련이 밀려올까 두렵다
용환아 철수야 동근아
덕유산에 솟는 해 온몸으로 받는 내일
늘상 하던 일 그대로
툴툴 목장갑 끼며 나서는
소백산맥처럼 당당한 일터의 세월
봄고랑 새로운 종자 심으며
아픔도 시련도 거름인 듯 묻어버리자
어떤 썩여죽일 잡것이
우리네 밭고랑 논고랑 흉본다 해도
한 알의 종자 옹골차게 키워낸
알통 꽉찬 배추 알통 꽉찬 무우로 살찌우자

■발문

공동체적 정서의 붕괴와 복원

염무웅(문학평론가, 영남대 교수)

주말마다 서울과 대구를 오르내리는 생활을 7년쯤 하고 나니 더 이상 버틸 수 없이 녹초가 되었다. 그래서 '아생연후'라는 생각으로 다시 대구로 이사를 왔다. 그리고는 건강을 핑계로 등산을 시작했다. 80년대 전반 대구에 살 때도 등산을 자주 하기는 했었다. 팔공산·운문산에 자주 갔었는데, 그러나 그때는 고정된 멤버가 정기적으로 가는 방식이 아니었다. 그런데 이번에는 정지창·김창우·이동순 교수 등 네 사람이 '항산회'(恒山會)라는 이름까지 자의반 타의반으로 지어놓고 제법 규칙적으로 산에 다닌다. 그러고 보니 벌써 만 3년이 됐는데, 어쩌다가 설악산 공룡능선이나 지리산 천왕봉에도 오르기는 하지만, 대체로 대구에서 한두 시간 이내의 거리에 있는 곳을 택한다. 팔공산 못지않게 우리가 자주 찾은 산은 문복산이다. 그리고 우리가 늘 가슴 설레며 가는 곳은 거창 쪽의 산들이다. 맨 왼쪽의 남덕유산을 비롯하여 기백산·황석산·금원산·무룡산·단지봉 등등 모두 몇 차례씩 올랐다.

거창 쪽으로 산행을 떠날 때면 우리는 늘 그곳의 젊

은 시인 이경재를 떠올린다. 최근까지 그가 운영하는 읍내의 전통찻집에 우선 들러 한숨 돌리고, 그러고 나서 근처의 상점에서 군것질거리를 사기도 하고 연료를 보충하기도 한 다음 산으로 떠나는 것이다. 그곳에서 그를 우리에게 처음 소개한 사람은 소설가 배평모 씨였던 것 같다. 그런데 배평모 씨 자신은 겨우 두어 번 우리와 동행했을 뿐이고, 대신 이경재가 바쁜 틈에도 짬을 내어 산을 안내하기도 하고, 또 일거리가 많아 산에 가기 어려우면 저녁의 뒷풀이 자리를 함께 하기도 했다. 이렇게 어울리다 보니 우리 네 사람은 누구라 할 것 없이 모두 이경재와 친해지게 되고 또 그를 좋아하게 되었다. 사귀면서 우리는 점점 그가 보통 젊은이가 아님을 깨닫게 되었다. 무엇보다 그는 주위에 있는 사람들을 아주 편안하게 하는 재주를 가지고 있다. 사람이란 누구나 다 제 나름의 독특한 개성이 있어서 그것이 매력이 되기도 하지만, 오래 함께 지내노라면 그 개성들 사이에 약간의 마찰이 빚어지도 하고 때로는 충돌을 빚기도 한다. 그런데 이경재와 같이 있을 때는 누구나 자연스러워지고 마음을 푹 놓게 되어 저절로 격의없는 농담을 나누는 분위기가 이루어지는 것이다. 이건 보통 인품이 아니다. 입으로 무슨 말을 하건, 또 겉으로 어떤 표정을 짓건 사람이란 어떤 분위기에 대해서 동물적인 민감성을 느끼는 법인데, 이경재는 실로 개방적이고 양보적인 인격의 소유자인 것이다.

그렇다면 이경재가 유복한 가정에서 구김살없이 자라 그의 성격에 옹이가 박히지 않았는가. 나는 물론 그의 가정적 배경이라든가 성장의 과정에 대해 잘 알지 못한다. 단지 함께 걷는 동안 얼핏얼핏 한두 마디씩 흘린 말과 특히 이번 시집을 통독하면서 알게 된 것이 전부인데, 그것에 의하면 그는 오히려 매우 불우한 여건에서 자랐고 지금도 상당히 열악한 현실적 조건들과 싸우고 있는 셈이라고 해야 할 것이다. 「도재 어머니」라는 시를 통해 나도 처음 안 사실이지만, 그의 아버지는 일찌감치 아내와 어린 두 아들을 버리고 딴 살림을 차렸고, 그래서 그의 어머니는 부잣집 둘째 딸로 남부러울 것 없이 자랐음에도 불구하고 삼십 년 넘도록 과부 아닌 과부가 되어 자식들을 키워야 했다. 「들성리 1」이라는 시에 묘사되어 있듯이 어린 시절 어쩌다가 아버지가 집에 들어오는 날이면 집안에는 온통 세간살이 부서지는 소리가 요란했고 먼동이 틀 때까지 어머니의 애절한 울음이 이어졌다. 그러나 다행히도 이것이 이경재의 어린 영혼에 치명적인 상처를 주지는 않았던 것 같다. 왜냐하면 그는 그래도 그 어렵던 시절을,

소요령 달아 딸랑하던 대문 멀리
덕유산 지는 햇살 둥구나무 스며들면
두레박 호박돌 가지런히 씻어놓고
솔가지 밑불 돋아 삭다리 따스운 군불 놓던
엄니, 형, 나랑
소골소골 얘기하던 행복도 있었구나
　　　　　　　　　　　　　　　　-「들성리 1」 중에서

라고 따뜻하게 추억하고 있기 때문이다. 뿐만 아니라 그는 「재봉틀」「어머니의 몸뻬」같은 시에 보이듯 온갖 고생을 어머니에게 시켰고 어린 자기 형제들을 가난 속에 팽개친 아버지에 대해서조차 한마디 증오나 원망의 말이 없이 오히려,

　석양 붉게 묻어난 파장의 선술집
　막걸리 몇 잔 얼근하게 취하시던
　아버지 구수한 술주정도 만날 수 있을까
―「시골길」 중에서

라는 그리움의 감정으로 회상하는 것이다. 이것은 확실히 오늘의 문학적 현실에 비추어볼 때 예외적인 사례에 속한다. 왜냐하면 오늘의 자본주의 산업사회에서 공동체는 파괴되고 가족은 해체의 위기를 맞고 있으며 개인들은 단자화되어 버린 것처럼 보이기 때문이다. 특히 현실사회주의가 몰락하고 이념적 쟁점들이 퇴조한 90년대에 있어서 문학은 고립된 인간의 메마른 내면세계를 더듬거나, 신비주의에 빠지거나, 그렇지 않으면 육체의 감각적 쾌락을 추구하는 일에 몰입하고 있는 것이다. 그렇다면 이경재의 시집 전편에 깔려 있는 완강한 공동체적 정서는 어떻게 해석되어야 할 것인가. 다시 말해 그것은 시인 이경재의 전시대적(前時代的) 낙후성을 증명하는 것인가, 아니면 이 자본주의 경쟁체제의 비인간성에 대한 그의 비판적 대안인가. 앞에서 그 일부를 인용했던 작품 「시골길」이나 「위천장」을 읽어보면 우리는 이경재에게 있어 농촌공동체

가 무엇을 의미하는지 짐작해 볼 수 있다.

  이 길 따라가면 만날 수 있을까
  아직도 비포장 읍내 가는 길
  젖 터져 내 젖 터져 소리치던 할머니
  결국 새우젓만 터져
  한바탕 웃음 자지러지던
  콩나물시루 같이 빼곡한 장날의 완행버스
  이리 쏠리고 저리 쏠려도
  악을 쓰며 따라가던 장구경
  파김치 되어 돌아와도
  넉넉한 볼거리 피곤함도 잊었었네
                              ―「시골길」 중에서

  여기 묘사된 농촌의 모습은 양면적이다. 한편으로 그
것은 콩나물시루처럼 빼곡 들어찬 만원버스가 표상하
는 빈궁과 불편함이다. 그것은 이 나라 농민들의 삶을
오랫동안 규정해 온 객관적 조건으로서의 궁핍이다.
그러나 다른 한편 그것은 넘치는 해학과 풍요의 이미
지로 전화되는 어떤 것이다. "젖 터져 내 젖 터져"라
는 할머니의 고함소리는 소리의 주인공이 다름아닌
할머니이기 때문에 만원버스 안의 모든 불편과 짜증
을 일시에 역전시키고 그곳을 자지러지게 즐거운 웃
음의 공간으로 만든다. 그런데 중요한 것은 이 시가
그러한 농민적 해학과 농촌적 풍요를 과거 시제로 말
하고 있다는 사실이다. 다시 말해 오늘의 시골에는 그
러한 기쁨과 넉넉함이 사라졌다는 것이 이 시인의 현

실인식인 것이다. 작품 「위천장」에서 우리는 그것을
다시 한 번 확인한다.

돌아오는 장날이면
모동 강남불 상천 사람
어나리 서마리 황산 남산동 사람
멀리 덕유산 첫 자락
황점 빙기실 소정 사람 죄다
끄덕끄덕 구르마 타고 모여들던 곳

다리목 기름집 지나 삼거리 마늘전
어물전 채소전 신전 옷전
뭉실뭉실 김나던 국밥집 열무김치 막국수
사돈에 팔촌까지
있어야 할 건 다 있고 없을 건 없던
왁자지껄 위천장 옛날 이야기였네

외할머니 따라 장구경 가면
아이구 불쌍한 우리 새끼
다리밑 어메 보러 나왔나
눈깔사탕 몇 개쯤 공짜로 주던 곰보아줌마
동네사람 노나먹는 밥 한 술
넉넉히 어린 시장기 덤으로 채우던 누룽지
지금에사 미치도록 그리운
왁자지껄 위천장 옛날 이야기였네

—「위천장」 전문

거창에서 무주를 향해 조금 가다 보면 위천이 나온다. 거기 '수승대'란 이름의 절경이 있어 국민 관광지로도 지정되어 있다. 황점과 빙기실은 덕유산 자락에 바짝 붙은 오지 마을이다. 나는 등산을 가기 위해 여러 번 그곳에 가보았거니와, 우리를 안내한 이경재에게는 그곳이 관광지 또는 산행의 출발지가 아니라 유소년 시절 팍팍한 삶의 터전이었다. 그러나 이제 그 이경재에게도 위천장의 풍성함은 현존하는 현실이 아니라 과거화된 설화 즉 '옛날 이야기'로 되었다. 우리가 늘 경험하듯이 대체로 시간은 사물을 미화한다. 그렇다면 이경재의 시들은 다만 미화된 과거의 영상에 매달려 있을 뿐인가.

지금까지 살펴보았듯이 이경재는 가정적으로 불우한 소년 시절을 보냈음에도 불구하고 크게 상처받거나 불행의 자의식에 괴로워하지 않는다. 과거와의 관계에 있어서뿐만 아니라 현재에 대해서도 그는 기본적으로 긍적적이고 낙관적이다. 요컨대 그는 건강한 생명력의 시인이다. 물론 「신혼 단상」에 보이는 힘든 신혼살림, 「차를 달이며」「참깨 밭에서」「신문 배달」에 묘사된 고된 생계를 그가 외면하는 것은 아니다(실제로 그는 한겨레·서울신문·한국경제신문 거창지국을 운영한다. 새벽 3시에 일어나 신문을 받으러 간다고 한다). 그러나 그는 신문 배달의 신체적 고달픔 속에서도 신체적 차원을 넘어서는 대지의 호흡 속에 자신을 풀어놓는다.

봄이 어느새 왔는가 싶다

오토바이 시동도 가벼워지고
언 땅 흔들거림으로 빠져나가던 골목길
부드럽게 녹아 길 열어주고
무거운 외투에 덮여
무심코 지나치던 얼굴들
이제는 살맛난다고 인사를 한다
누구보다도 먼저 봄이 왔음을 확인하는
새벽배달 일꾼 웅크렸던 어깨가
봄 허리 깊숙한 곳으로
한결 가볍게 내달리고 있다

-「봄마중」 전문

참으로 소박한 작품이다. 현대사회의 복잡성과 현대시의 까다로움을 경험한 독자에게는 이 시의 단순한 감정세계는 거의 비현실적이라고 느껴질지도 모른다. 그러나 거창군 시골길 곳곳을 안 가는 데 없이 오토바이로 돌아다니던 이경재의 모습을 직접 보았던 나에게는 이 시의 생명예찬이 결코 위선적인 울림으로 다가오지 않는다.

이 시집에서 이경재가 가장 힘을 들였고 또 그런 만큼 일정한 서사시적 성취가 이루어진 것은 연작시 「원기마을 이야기」일 것이다. 모두 14편으로 이루어진 이 작품에는 강건한 정신과 체력을 지닌 세 젊은이가 새로운 농촌공동체를 건설해 가는 과정이 때로는 군가처럼 씩씩한 가락으로, 때로는 민요처럼 구성진 음률로 서술되어 있다. 나는 이경재를 따라 이 작품의 무대인 "삼봉산 아래" "충청도 전라도 경상도 사람 / 꾸역꾸역 바람타고 넘는 곳"에도 가보았다. 그리고 그곳에서 새롭게 자라나는 건강한 농민적 전형을 만나기도 하였다. 거기에는 분명 희망의 싹이 트고 있었다. 그러나 내 생각에 그것은 아직 허약하기 짝이 없는 가능성일 뿐이고 자본주의 산업체제의 진정한 대안일 수 없는 안타까운 꿈의 번개불이었다. 참된 공동체의 역사적 복원이 오직 원기마을이라는 시적 공간에서만 상상적으로 이루어질 수 있을 뿐인까. 그것은 나도 모르겠다.

이제 마지막으로 청년시인 이경재의 첫 시집에 대해 비평적인 언급을 사족처럼 달기로 하자. 앞에서 누누히 얘기했듯이 이경재는 드물게 건실한 인간이다. 그러나 당연한 소리지만 좋은 사람이 꼭 좋은 시를 쓰는 것은 아니다. 비뚤어진 인간은 그 비뚤어진 시각 때문에 세상의 어느 측면을 남다르게 예리하게 볼 수 있다. 악의에 가득찬 인간이야말로 세계의 악마성을 온몸으로 파악할지 모른다. 그런 점에서 이경재는 삶에서나 문학에서나 너무 선량하고 소박하다. 이것은 그의 시가 사실의 즉물성에 속박되어 있다는 것을 의미한다. 그런데 문학은 사실과 사물의 일차원적 표면을 끊임없이 깨고 들어가는 초월의 또는 침강의 형식이다. 꽃이나 강물, 사랑하는 사람의 얼굴이나 힘든 노동을 바로 눈앞에 두고서도 그것과 전혀 관계가 없는 듯한 피와 시체, 죽어가는 사람의 눈동자와 유쾌한 춤사위를 상상하는 제도적 장치가 말하자면 시이다. 왜 시는 그런 짓을 하는가. 문학은 본질적으로 해방을 지향하기 때문이다. 선과 악, 미와 추, 행과 불행의 경계가

지워지는 해방과 평등의 이미지는 그러한 시적 비약의 황홀 속에서만 획득되는 것인데, 그 상상적 해방은 그 자체가 물질적 힘을 가진다. 그런데 이경재의 시들은 그런 뜻에서의 해방과 초월을 아직 가지고 있지 못하다. 다시 말하면 그의 시는 소시민적 경계 안에 소심하게 갇혀 있다. 문학사의 곳곳에서 되풀이 목격하듯이 생활과 문학 양쪽에서 동시에 적당하게 성공하는 일이란 있을 수 없다. 제대로 시를 쓰자면 어딘가에서든 선혈이 낭자하게 상처를 입고 피를 흘려야 한다. 고통 없는 문학은 결국 허위이다. 이제 이경재가 갈 곳은 어디인가.

　문학을 하는 자세나 수도를 하는 구도자의 자세가 다를 바가 없다고 염무웅 선생이 말씀하셨는데 지금의 내 모습은 어떠한가? 불교 용어를 빌려서 말하자면 '초발심 자경문'을 갓 시작하는 천진난만(?)한 행자승임에는 틀림없는데 아, 내일이면 밥짓고 나무하고 청소하고 공부해야 할 똥줄 빠질 일거리를 제쳐두고 뒷산으로 다람쥐나 쫓으러 다니는 흔히 텔레비전 연속극에서 나오는 단순한 낭만적인 풍경으로 비쳐지는 모습처럼 겉모양만 귀엽게 보여지지나 않을까?

　내가 잘 아는 선배 시인은 시를 씨라고 말했다. 시가 씨라면, 시가 씨라면……. 그 말에 감동되어 그 순간 몇 번을 반복했는지 모른다. 그리고 겨우 서른다섯 해만에 씨앗 하나를 심을 수 있었다. 처음 농사를 시작하는 농부는 그 양이 많고 작음을 떠나 얼마나 설레는 마음으로 씨앗을 소중히 다룰까? 내 모습도 '초발심 자경문'을 갓 읽는 행자승, 혹은 처음 씨앗을 심어보는 농부의 마음이다.

　신문 배달을 하다 보니 새벽을 너무나 좋아하게 되
었다. 특히 해 뜨는 순간의 짜릿함은 나만이 누릴 수
있는 특권(?)인지도 모른다. 그 순간의 멋을 더 누리
기 위해 그 시간이면 배달 구역을 따로 정해 놓은 곳
이 있다. 지금 그 언덕에 선 느낌으로 신발끈을 다시
묶어야 한다.
　첫 시집이 나오기까지 도와주신 모든 분들께 다시
한 번 감사드리며 그 보답은 더욱 아름답게 사는 내
모습을 보여주는 일일 수밖에……

1997년 9월

이 경 재

원기마을 이야기

처음 찍은날 · 1997년 9월 20일
처음 펴낸날 · 1997년 9월 25일
지은이 · 이경재
펴낸이 · 송영현
펴낸곳 · 살림터
주소 · 121-231 서울시 마포구 망원1동 384-20
전화 · 3141-6553(대표)
전송 · 3141-6555
등록번호 · 제2-1008호 (1990년 5월 15일)

인쇄 · 신화인쇄공사 (나병문)
제본 · 성용제책사 (조주환)

값 4,000원

ⓒ 이경재, 1997

▶ 잘못된 책은 바꾸어 드립니다.
▶ 지은이와 협의하여 인지를 붙이지 않습니다.
▶ ISBN 89-85321-46-3 (03810)